¿Cuál es el animal más rápido?

por Brian Rock
ilustrado por Carolyn Le

El rey león quería saber cuál era el animal más rápido. Así que decidió organizar una gran carrera.

Desde todos los confines del mundo llegaron animales para el gran evento.

El rey león llamó a todos los animales a la línea de salida. "El primero en llegar a la meta, a 100 yardas de este punto, será reconocido como el animal más veloz del mundo", anunció.

Los participantes se formaron en la línea de salida.

Otros miles de animales los observaban alrededor. Contuvieron la respiración cuando el león gritó:

"Corredores, ¡en sus marcas!"

"¡Listos!"

La multitud estalló en rugidos, chillidos y graznidos, y el león gritó:

"¡FUERA!".

Los corredores partieron como rayos, dejando una estela de polvo a su paso. Muchos de ellos iban parejos a mitad del recorrido.

Para los espectadores resultaba difícil saber quién llevaba la delantera debido al polvo.

La carrera pronto terminó, y el rey león proclamó: "El ganador, por lo tanto el animal más veloz del mundo, que alcanza velocidades de hasta 75 mph es... "

"¡el guepardo!"

Pero en el momento en que el guepardo hacía una reverencia ante el rey para aceptar el premio, una voz se hizo oír entre la multitud.

"¡No tan rápido!", ladró el perro husky, trotando hacia el rey.

"El guepardo podrá ser el animal más veloz en distancias cortas", dijo. "Hay otras maneras de medir la velocidad. Yo soy el más rápido en distancias largas. Puedo llegar a correr un promedio de 20 mph durante recorridos prolongados".

"Muy bien", dijo el rey. "Mañana nos veremos aquí de nuevo para hacer una carrera de 3 millas y así sabremos quién es el más rápido.

¡La multitud cacareó, graznó y chilló sorprendida!

De repente, otra voz se hizo oír.

"¡No tan rápido!", gritó un avestruz. "¡Estas carreras no son justas! Los guepardos y los huskys tienen cuatro patas, así que pueden correr el doble de rápido que un animal de dos patas. Con solo mis dos patas, puedo correr a más de 40 mph. Hagamos que todos los animales corran en dos patas para que así la competencia sea justa.

"Muy bien", dijo el rey. "Mañana..."

Pero antes de poder seguir, alguien más lo interrumpió.

"¡No tan rápido!", se oyó gritar entre la multitud. Todos trataron de ver quién había hablado, pero no vieron a nadie.

Al fin, una tortuga marina se arrastró lentamente hacia el rey.

"Soy más veloz que estos animales, tanto los de cuatro como el de dos patas", se jactó la tortuga.

Todos en la multitud estallaron en carcajadas.

Cuando las risas se apagaron, la tortuga continuó. "Soy más veloz que cualquier animal cuadrúpedo o bípedo, pero en el agua. Soy capaz de nadar a una velocidad de 20 mph. Así que deberíamos hacer la carrera en el mar".

"Me parece bien", gritó el marlín negro. "Puedo nadar hasta a 80 mph. ¡Con certeza seré el ganador!".

El rey iba a hablar pero nuevamente fue interrumpido.

"¡No tan rápido!", chilló un halcón peregrino, descendiendo en picada. "Yo soy capaz de volar a 240 mph, ¡y por eso esta carrera debería hacerse en el aire!".

"Sí", afirmó el murciélago de cola suelta. "Pero debería hacerse de noche. Puedo volar a 60 mph incluso en la oscuridad, cuando los demás animales no pueden ver".

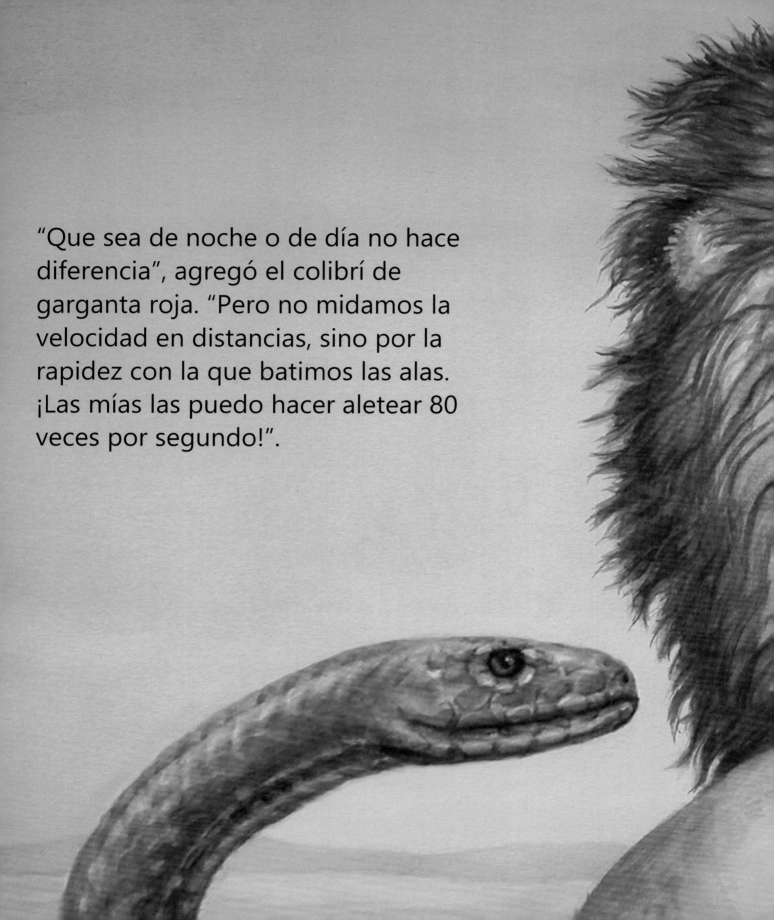

"Que sea de noche o de día no hace diferencia", agregó el colibrí de garganta roja. "Pero no midamos la velocidad en distancias, sino por la rapidez con la que batimos las alas. ¡Las mías las puedo hacer aletear 80 veces por segundo!".

"¡No tan rápido!", siseó una salamandra de Doflein.

"Si quieres medir la velocidad de las partes del cuerpo, mi lengua les gana a tus alas. ¡La puedo mover para atrapar una presa 50 veces más rápido que un abrir y cerrar de ojos!".

"Eso no es nada", gritó el pequeño camarón mantis arlequín. "¡Puedo golpear con mis tenazas tan rápidamente que hago hervir el agua alrededor!".

Los animales discutieron buscando la manera de demostrar cuál era el más rápido.

El rey león trataba de apaciguar a la multitud pero nadie se daba cuenta. Frustrado, soltó un tremendo rugido:

"ROOOAAAR!!!"

Todos quedaron en silencio.

Entonces, alguien preguntó: "Majestad león, ¿cómo vamos a decidir cuál es el animal más rápido?".

El rey se frotó la barbilla con la zarpa mientras pensaba un poco.

Y luego, se le ocurrió una idea.

"¡Organizaremos unas olimpiadas!", anunció el rey. "Habrá diferentes carreras, en tierra, aire y mar. Cada quien tendrá oportunidad de demostrar su velocidad de la mejor manera posible.

Y cuando todas las carreras finalizaron, el rey león felicitó personalmente a los vencedores.

Animal terrestre más rápido	Guepardo	75 mph (120 km/h)
Animal terrestre más rápido en distancias largas	Perro husky	20 mph (32 km/h)
Reptil terrestre más rápido	Iguana negra de cola espinosa	20 mph (32 km/h)
Reptil acuático más rápido	Tortuga marina verde	20 mph (32 km/h)
Ave más rápida en tierra	Avestruz	40 mph (64 km/h)
Ave más rápida en agua	Pingüino gentú	25 mph (40 km/h)
Ave más rápida por aire	Halcón peregrino	240 mph (386 km/h)
Pez más rápido	Marlín negro	80 mph (128 km/h)
Animal más rápido en saltos	Canguro rojo	40 mph (64 km/h)
Animal más rápido reptando	Mamba negra	14 mph (22 km/h)
Animal nocturno más rápido	Murciélago de cola suelta	60 mph (96 km/h)
Ave que bate las alas más rápido	Colibrí zunzuncito	30 mph (48 km/h)
Lengua más veloz	Salamandra de Doflein	100 mph (160 km/h)
Puñetazo más veloz*	Camarón mantis arlequín	50 mph (80 km/h)

Abreviaturas: mph = millas por hora y km/h = kilómetros por hora

*El "puñetazo" del camarón mantis arlequín impacta a 50 mph, ¡pero pasa de 0 a 50 mph en menos de 3 milisegundos! Eso quiere decir que la tenaza acelera a 280,000 pies por segundo al cuadrado (ft/s2), que es igual que 85,000 m/s2... El movimiento de la tenaza acelera con tal rapidez que rompe la barrera del sonido, provocando que el agua alrededor hierva, y se lleva el premio a la aceleración más rápida.

Para las mentes creativas

Movimiento animal

Une a cada animal con su forma de desplazamiento. ¿Y cómo te desplazas *tú*?

Saltar **Correr (en cuatro patas)** **Nadar**

Volar **Correr (en dos patas)** **Reptar**

murciélago   león   avestruz

serpiente   tortuga marina   conejo

Respuestas: Saltar: conejo. Volar: murciélago. Correr (en cuatro patas): león. Correr (en dos patas): avestruz. Nadar: tortuga marina. Reptar: serpiente.

Cada animal tiene sus fortalezas

Así como cada persona es diferente, cada animal es único. Un león y un oso polar son rápidos, pero si a ambos se les pide que naden a través de cientos de millas de agua helada, solo uno de ellos ganará esa carrera. Si uno espera que un marlín compita contra un guepardo en las sabanas africanas, la competencia no sería muy justa. ¡El marlín estaría como pez fuera del agua!

El rey león quería saber cuál era el animal más rápido, así que organizó una competencia: una carrera por la sabana. ¡Es una pista en la que un león podría correr muy bien! Pero a medida que llegaron los demás animales y le contaron de sus diversas fortalezas, se dio cuenta de que hay más maneras de correr y que un tramo corto por la sabana no es la única. ¿Cómo logró el león que todos compitieran de la mejor manera? ¿Te parece que fue una solución justa?

Todos los animales querían una carrera en la que pudieran demostrar sus destrezas de la mejor manera posible. Quizás no todos puedan ser los más veloces, pero muy seguramente habrá un tipo de carrera en el que cada quien pueda desplegar su talento.

Muchos de los animales más rápidos son depredadores. ¿Cuál crees que sea la razón?

¿Qué estrategias usan los animales menos rápidos para esquivar a los veloces cazadores?

¿Qué crees que es más importante para un animal: velocidad o fuerza? ¿Por qué?

¿Crees que es más importante que un animal sea muy veloz en tramos cortos o relativamente veloz en distancias más largas? ¿Por qué?

¿Te sorprendió encontrar entre los más rápidos a alguno de los animales de este libro? ¿A cuáles?

¿Qué tipo de velocidad consideras que es más importante en un animal? ¿Por qué?

Partes del cuerpo de los animales

Hay determinadas partes del cuerpo de un animal que los llevan a tener éxito en su entorno. Algunas los hacen mejores cazadores, o les permiten ocultarse de los depredadores. Algunas los mantienen a buena temperatura en aguas heladas, o les permiten seguir frescos en hábitats húmedos y calurosos.

Une a cada animal con la parte del cuerpo que le corresponde... ¡y el dato curioso te explicará para qué se utiliza esa parte!

1

A Puedo lanzar un tremendo puñetazo. Mis **tenazas** pasan de la quietud total a una velocidad de 50 mph en menos de 3 milisegundos.

2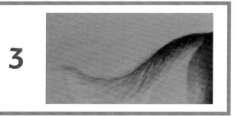

B Si nado entre un cardumen de peces, es casi seguro que mi **pico** agudo golpee a unos cuantos, y luego resulta fácil comerse a los heridos.

Guepardo

Halcón

Perro husky

Marlín

Camarón mantis arlequín

3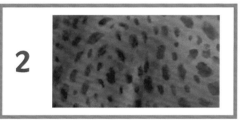

C Cuando llega la hora de comer, desciendo por el aire y atrapo a mi presa con mis **garras**.

4

D Mi pelaje me mantiene caliente, pero no tengo pelo en la nariz. Por eso la abrigo metiéndola bajo mi **cola**.

5

E Puedo correr muy rápido, pero no en distancias largas. Mis **manchas** me ayudan a ocultarme entre la hierba alta hasta que mi presa esté cerca.

Respuestas: guepardo-2E. halcón-1C. perro husky-3D. marlín-5B. camarón mantis arlequín-4A

Orden de velocidad

Hay animales que son más rápidos en el agua. Otros, en la tierra. Algunos corren más velozmente en largas distancias, y otros solo alcanzan esas velocidades en tramos cortos. Los personajes de esta historia son todos los más rápidos, pero cada quien a su manera. ¿Qué pasa si examinamos un grupo de animales que sean veloces de manera semejante entre sí?

Cada uno de los animales de la siguiente lista corre mejor en tierra y en tramos cortos. Si hiciéramos una carrera entre ellos, ¿cuál crees que sería el resultado?

Animal	Velocidad (mph)	Velocidad (km/h)
Perro hiena	45	72
Ñu listado	50	80
Guepardo	75	120
Coyote	43	69
Alce	45	72
León	50	80
Berrendo	55	88
Caballo cuarto de milla	55	88
Gacela saltarina	56	90
Gacela de Thompson	40	75

Muchos de los animales que figuran en la lista viven en zonas llanas de pastizal en clima cálido. ¡Pero no todos! El alce vive en bosques de climas fríos, donde nieva a menudo.

¿Qué pasaría si el alce participara en una carrera con todos los demás animales a través de un bosque nevado? Seguiría siendo una carrera en tierra, en tramo corto pero, ¿crees que el resultado sería el mismo?

Hay animales que se esconden para esquivar a sus depredadores pues, si éstos no los pueden encontrar ¡tampoco se los pueden comer!

Hay animales que corren para huir de sus depredadores pues, si éstos no los pueden alcanzar ¡tampoco se los pueden comer!

¿Por qué crees que hay tantos animales veloces que viven en habitats llanos y cubiertos de pasto?

Para Maisy, la perra más rápida del mundo... ¡a la hora de conquistar corazones!—BR

A mi familia y amigos, por su constante apoyo. Gracias.—CL

El autor donará una parte de sus regalías a The Humane Society of the United States, para apoyar sus esfuerzos en la lucha contra la crueldad con los animales, para ayudar a proporcionar refugio a animales rescatados y para salvar a animales en peligro.

Agradecemos a Christine Lewis y Kate Davis, educadoras del Zoológico de Birmingham por verificar la información que aparece en este libro.

Cataloging Information is available through the Library of Congress
LCCN: 2018040038   https://lccn.loc.gov/2018040038

978-1-60718-7394   portada dura en inglés ISBN
978-1-60718-7455   portada suave en inglés ISBN
978-1-60718-7516   portada suave en español ISBN
978-1-60718-7578   libro digital PDF en inglés ISBN
978-1-60718-7639   libro digital PDF en español ISBN
978-1-64351-1535   libro digital ePub3 en inglés ISBN
978-1-64351-3119   libro digital ePub3 en español ISBN
Interactivo libro digital para leer en voz alta con función de selección de texto en inglés (978-1-60718-7691) y en español (978-1-60718-7288) y audio (utilizando web y iPad/ tableta)

Título original en inglés: Which Animal is Fastest?

Bibliografía:
"10 Fastest Animals On Earth - Fastest Animals In The World." Conservation Institute. N.p., 2015. Web. 26 Oct. 2016.
Anitei, Stefan. "The Fastest Muscle in the World." Softpedia. N.p., 07 Mar. 2007. Web. 26 Oct. 2016.
Coren, Stanley. "Could Dogs Be the Fastest Land Animals in the World?" Psychology Today. N.p., 17 Aug. 2009. Web. 26 Oct. 2016.
"The Fastest Creature on Two Legs." Tswalu Kalahari. N.p., 18 Nov. 2012. Web. 26 Oct. 2016.
"The Fastest Lizard In The World." SaveTheReptilescom. N.p., 17 Dec. 2010. Web. 26 Oct. 2016.
"Fastest Swimming Bird." Natural Born Record Holders:. N.p., 5 Dec. 2011. Web. 26 Oct. 2016.
"The Fastest Punch in the World." Smithsonian Magazine. Smithsonian, 9 Oct. 2012. Web. 26 Oct. 2016.
Heimbuch, Jaymi. "9 Birds That Set Records for Their Amazing Flights." Mother Nature Network, 5 June 2014. Web. 26 Oct. 2016.
Kennedy, Jennifer. "The World's Fastest Fish." About.com Education. N.p., 30 Mar. 2016. Web. 26 Oct. 2016.
Saas, Sidrsa. "Top 10 Fastest Animals In The World 2015-2016 - The News Track." Top 10 Fastest Animals in the World 2015/2016. Newstrack.com, 31 Jan. 2014. Web. 26 Oct. 2016.
Smith, P. A. "Green Sea Turtle Facts for Kids | Endangered Animals." Animal Fact Guide. N.p., 24 Aug. 2014. Web. 26 Oct. 2016.
"A Year in the Life of a Mexican Free-Tailed Bat." Texas Parks and Wildlife, Web. 24 Feb. 2014.

Elaborado en los EE.UU.
Este producto se ajusta al CPSIA 2008

Arbordale Publishing
Mt. Pleasant, SC 29464
www.ArbordalePublishing.com

Brian Rock no será muy rápido. Ni siquiera le gana por mucho a un perezoso. Pero, en cambio, le encanta escribir libros para niños, a su propio, pausado paso. Además de este libro, *¿Cuál es el animal más rápido?*, ha escrito también *El detective deductivo* para Arbordale, *Martian Mustache Mischief, Don't Play with Your Food!, Piggies*, y *With All My Heart*. Obtuvo su maestría en Literatura infantil y creación literaria por la Universidad Hollins. Trabajó durante seis años en el sistema de educación pública del condado de Chesterfield, enseñando a estudiantes vulnerables y con bajo desempeño académico. Visita su sitio web en www.brianrock.net.

Carolyn Le nació en Vietnam y se crió en California. Soñaba con convertirse en ilustradora y, tras graduarse en Ilustración del Otis College of Art and Design, ilustró su primer álbum, *Clarence and the Traveling Circus*. Sus acuarelas son un reflejo de la belleza que ha encontrado a su alrededor, desde los días soleados del sur de California a los recuerdos de los libros que le gustaba leer de niña. Su trabajo ha sido merecedor de numerosos premios, y sus obras se han expuesto en galerías en Los Ángeles y Londres. Carolyn vive su sueño de ser ilustradora (de vez en cuando acompañada por algún conejito) al compartir su amor por el arte con sus estudiantes, al ilustrar libros para niños y al explorar la escritura e ilustración de sus propios libros. Visita su sitio web en www.carolynle.com.

Brian Rock   Carolyn Le

Si disfrutaste de este libro, busca estos otros
títulos de Arbordale Publishing:

Incluye 4 páginas de
actividades para la
enseñanza

www.ArbordalePublishing.com

ISBN: 9781607187

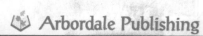

Arbordale Publishing

Utiliza su seda para juntar plantas y rocas en pedazos bien apretados.
Entonces, puede vivir debajo del agua mientras viste pantalones blindados.

Es la puesta del sol en el humedal.
El bosque está repleto de sonidos.
Síguelos hacia el agua y luego,
a la tierra echa una mirada.

En un lecho de hojas camufladas
espera un coro de ranas.
Como campanitas están tintineando,
ojos de primavera a sus enamoradas
están buscando.

Las estrellas ya están sobre el humedal.
Murciélagos color café vuelan de aquí para allá.
Su ración de insectos se han comido,
y de regreso, a colgarse de un tronco se han dirigido.

Encuentran su camino escuchando el sonido
que otros murciélagos han producido.
Esos ruidos también les van a asegurar
que por error vayan a chocar.

Es media noche en el humedal.
Los gatitos acaban de despertar.
En el roble hueco, por seguridad,
a su mamá tienen que esperar.

La lince rojo se acerca muy calladita.
Ella sabe lo que sus jóvenes necesitan.
Bastante exitosa fue su cacería,
y para sus hijos llegó la hora de la comida.

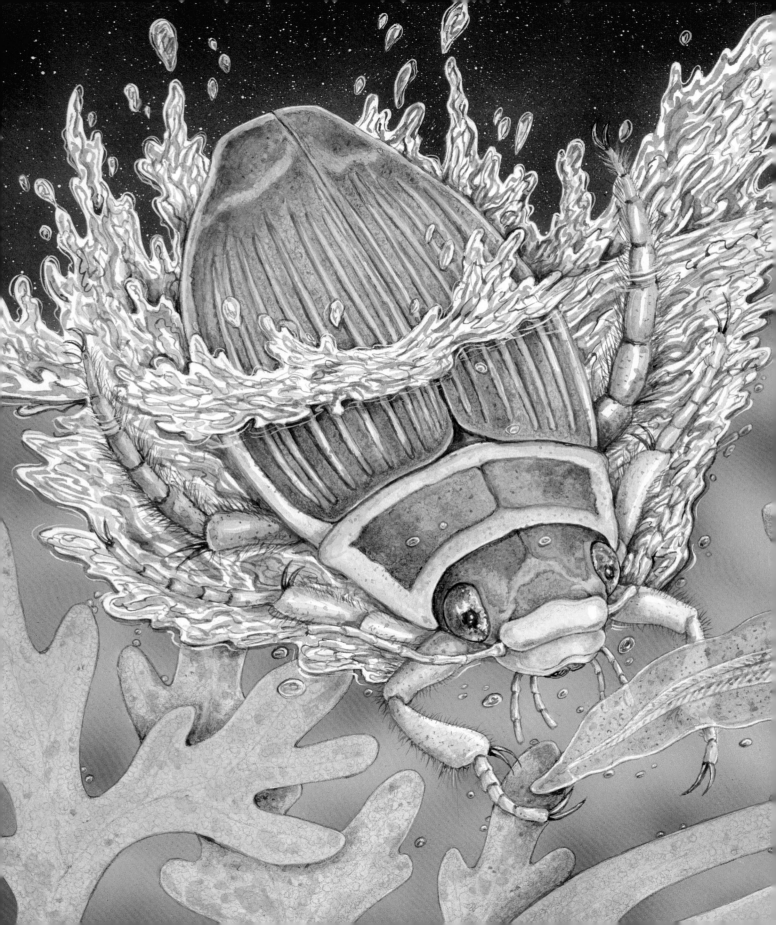

Ahora, es justo después de la media noche.
De su vuelo un escarabajo aterriza.
Debajo del agua clava su cabeza,
para cazar, sólo la luz de las estrellas utiliza.

Un renacuajo por debajo de él, nada.
Toma algo de aire el escarabajo,
entonces, se sumerge
y con la trampa de su mandíbula atrapa al renacuajo.

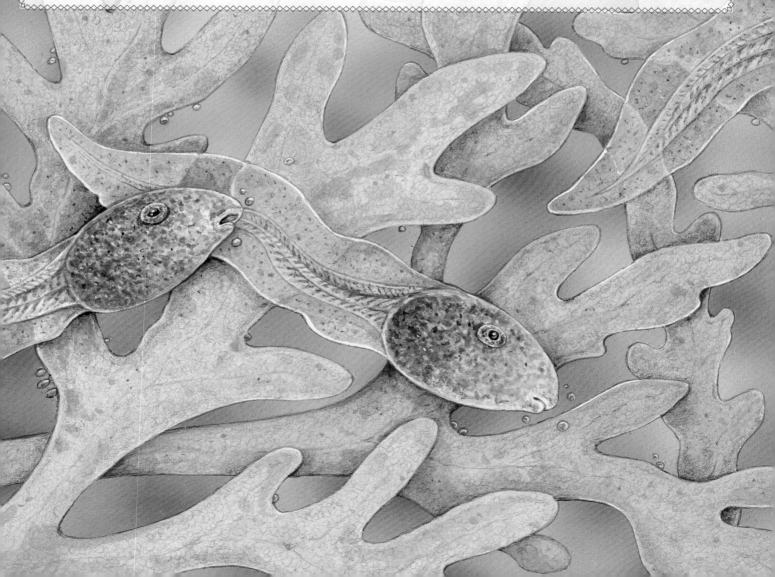

Es tarde por la noche en el humedal.
Una ardilla sale a tumbos de la corteza.
En vez de caer hacia abajo,
entre los árboles en la oscuridad se desliza.

Sobre un tronco cerca del banco del pantano, aterriza.
Y, rápidamente de la vista ha de escapar.
Está hambrienta de hongos y nueces,
pero también a los depredadores debe evitar.

Antes del amanecer en el humedal,
en el agua tan negra como la tinta,
sobre la superficie se sienta una araña,
y ¡claro que no se hunde!... ¿hay algo de maña?

La araña una ondulación siente,
y entonces, a través de la superficie
empieza a correr rápidamente,
hasta que a su presa obtiene, obviamente.

Sale el sol en el humedal.
Un búho vuela hacia tierra firme.
Aunque sus alas se están
sacudiendo,
ningún ruido están haciendo.

El búho rayado vadea en el agua
y busca presas para comer.
Ubica un sabroso cangrejo de río
y con sus patas lo ha de coger.

En el humedal, el sol vuelve a aparecer.
Un castor roe un árbol por su cola apoyado.
Sus dientes nunca va a perder
y por ello, no vive asustado.

El dique es su hábitat
donde otras especies se van a alimentar.
Y, este bosque de humedal van a utilizar,
para abastecerse de todo lo que van a necesitar.

Para las mentes creativas

Especies clave: Los castores

Los castores se encuentran dentro de las pocas especies (incluyendo a los humanos) que pueden hacer grandes cambios a su entorno. Esta habilidad de cambiar su hábitat los hace **ingenieros del ecosistema**.

Los castores le dan forma a su entorno construyendo presas. En una colonia de castores, todos trabajan juntos para hacer una presa de madera, de lodo, y de piedras. La presa reduce la velocidad de un arroyo y crea un estanque de agua quieta detrás de la presa. El estanque mide, generalmente, entre tres y seis pies de profundidad. Éste ayuda a proteger a los castores de depredadores como los lobos, los osos, y los coyotes. El estanque oculta la entrada que está debajo del agua hacia la madriguera donde vive el castor.

Las presas de los castores cambian el bosque a un ambiente de humedal. Estos cambios duran por varios años incluso, perduran después de que los castores se hayan ido.

En un arco o un puente, existe una piedra llamada "la piedra clave". Esta piedra hace presión sobre las otras y sostiene toda la estructura en su lugar.

En un ecosistema, las plantas y los animales dependen uno del otro. Ellos se ayudan mutuamente para satisfacer sus necesidades básicas.

Algunas veces, existe una especie que ayuda a todas las otras especies. Esta es llamada **especie clave**.

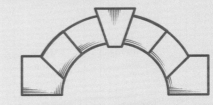

Tal y como una piedra clave en un arco sostiene una estructura en su lugar, las especies clave mantienen al ecosistema en balance. Sin las especies clave, todo el ecosistema sufriría.

Los castores son especies clave. Ellos le dan forma a sus hábitats para crear nuevos tipos de ecosistemas, tal y como los bosques del humedal. Otras plantas y animales necesitan estos nuevos ecosistemas.

Secuencia de las presas del castor

Algunos bosques de humedales son creados por los castores. Estos bosques de humedales pueden durar por muchos años pero no son permanentes. Pon las siguientes fases en orden para descubrir cómo es que un castor crea un bosque del humedal y cómo es que este bosque puede cambiar con el tiempo.

La respuesta formará la palabra correspondiente al género del castor.

 Una vez que el estanque se llena por completo del sedimento, se convierte en una ciénega o en una turbera.

 Un castor construye una presa a través de un arroyo, cerca de un bosque.

 Conforme los árboles del bosque mueren, más luz solar llega al estanque. Las plantas acuáticas crecen.

 A lo largo de muchos años, las plantas acuáticas viven y mueren. La materia de las plantas viejas llena el estanque con un sedimento rico, y el agua tiene menos profundidad. Las nuevas plantas de la marisma empiezan a crecer.

 Muchos árboles no pueden vivir con las raíces por debajo del agua. Se mueren en los nuevos bosques de humedal. Algunos árboles, como los alisos y los cipreses, continúan creciendo y prosperan.

 El estanque detrás de la presa inunda el bosque. Esto crea un bosque de humedal.

No todos los bosques de humedales son creados por los castores. Algunos pueden ocurrir naturalmente. Los bosques de humedales pueden durar por siglos, o también pueden ser hábitats temporales. Algunos bosques de humedales son estacionales. Se forman durante las inundaciones de primavera cuando el agua de la lluvia y la nieve derretida desborda los ríos e inundan tierras bajas, boscosas.

Respuesta: Castor. El castor de Norteamérica pertenece a la especie *Castor canadensis*.

Humedales

Un humedal es un entorno en donde la tierra fértil se llena completamente de agua. Las aguas poco profundas cubren la superficie, por lo menos, una parte del año. El humedal puede ocurrir en áreas con poco drenaje o en donde el agua está muy cerca de la superficie de la tierra fértil.

Existen cuatro tipos principales de humedales: bosques de humedales (algunas veces llamados pantanos), marismas, ciénegas y turberas. Frecuentemente, múltiples tipos de humedales pueden existir lado a lado, sin barreras claras entre ellos.

Ya que un bosque del humedal creado por un castor cambia durante el tiempo, se puede convertir en ¿cuál de estos otros tipos de humedal?

¿Qué tienen en común los bosques de humedales y las marismas?

¿Qué diferencias hay entre los bosques de humedales y las marismas?

La tierra mineral está compuesta por pequeñas partículas de piedra y minerales.

La tierra orgánica está compuesta por materia vegetal y animal en descomposición.

Bosque del humedal

Tipo de suelo: mineral

Plantas predominantes: árboles

Fuente de agua: agua dulce o salada

Marisma

Tipo de suelo: mineral

Plantas predominantes: : pastizales

Fuente de agua: agua dulce o salada

¿En qué se parecen las marismas y las turberas?

¿Qué diferencias hay entre las ciénegas y las turberas?

Ciénega

Tipo de suelo: orgánico

Plantas predominantes: musgos

Fuente de agua: precipitación de agua dulce

Turbera

Tipo de suelo: orgánico

Plantas predominantes: pastizales

Fuente de agua: superficie de agua dulce y agua subterránea

¿Qué tienen en común las ciénegas y las turberas?

Las ciénegas tienen poco drenaje. Cuando se inunda la ciénega, el exceso de agua corre a lo largo del suelo.

El exceso de agua en las turberas se drena hacia los ríos o a las aguas subterráneas.

Encuentra al animal

Los **búhos rayados** producen un sonido que parece que están diciendo "Quién cocina para ti" en inglés.

Los dientes del **castor** son de color anaranjado porque contienen hierro, lo que los hace fuertes para así derribar los árboles.

Los **gatos monteses** obtienen su nombre porque sus colas son cortas. "Bob" es una palabra antigua que significa "melena corta".

Las **ardillas voladoras** pueden planear por distancias mayores a los 150 pies.

Las **libélulas verdes** volarán al sur para pasar el invierno, la mayoría de las veces, en largos enjambres.

Las **tortugas mordedoras** pueden comer tanto plantas como animales (omnívoros). Una tercera parte de su dieta proviene de las plantas.

Las **ranitas** que empiezan a salir del cascarón pueden congelarse casi por completo durante el invierno. Ellas se despiertan en la primavera cuando se calientan.

Los **patos joyuyos** hacen sus nidos en los huecos de los árboles. Sus polluelos pueden saltar fuera del nido desde 50 pies en el aire sin lastimarse.

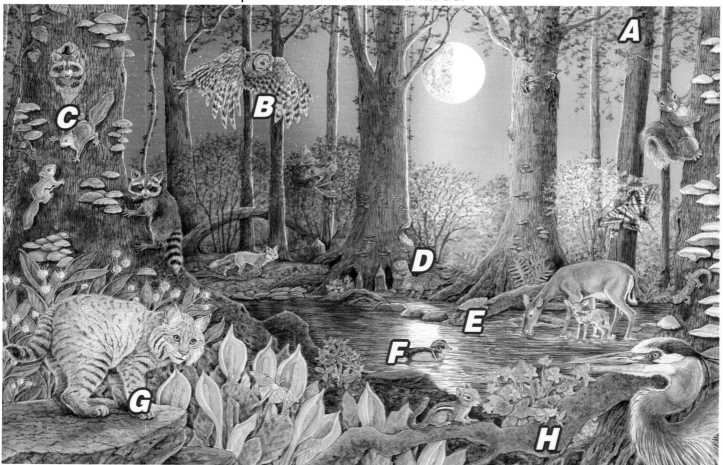

Respuestas: A) libélula verde. B) búho rayado. C) ardilla voladora. D) castor.
E) tortuga mordedora. F) pato joyuyo. G) gato montés. H) rana de primavera.

Con agradecimiento a Ellen Rondomanski, Jefa de Educación del Medio Ambiente en Shangri La Botanical Gardens y Nature Center por verificar la información de este libro.

Library of Congress Cataloging-in-Publication Data

Names: Kurtz, Kevin, author. | Neidigh, Sherry, illustrator.
Title: Un dbia en el bosque del humedal / por Kevin Kurtz ; ilustrado por
    Sherry Neidigh.
Other titles: Day in a forested wetland. Spanish
Description: Mt. Pleasant, SC : Arbordale Publishing, [2018] | Audience: Ages
    4-9. | Audience: K to grade 3. | Includes bibliographical references.
Identifiers: LCCN 2018040783 (print) | LCCN 2018041333 (ebook) | ISBN
    9781628559163 (Spanish PDF ebook) | ISBN 9781643513102 (Spanish ePub3) |
    ISBN 9781628559187 (Spanish read-aloud, interactive ebook) | ISBN
    9781628559149 (Spanish paperback) ISBN 9781628559156 (English ebook) | ISBN 9781628559170 (English
    interactive, read-aloud ebook)
Subjects: LCSH: Forest animals--Juvenile literature. | Forest
    ecology--Juvenile literature. | Wetland ecology--Juvenile literature. |
    Forests and forestry--Juvenile literature.
Classification: LCC QL112 (ebook) | LCC QL112 .K86518 2018 (print) | DDC
    591.73--dc23
LC record available at https://lccn.loc.gov/2018040783

Bibliography:

Conner, Richard N, Clifford E. Shackleford, Daniel Saenz and Richard R. Schaefer. "Interactions Between Nesting Pileated
    Woodpeckers and Wood Ducks." Wilson Bulletin, 113(2), 2001.
Krautwurst, Terry. "When Squirrels Fly: From its Aerodynamics to its Ecodynamics, the Flying Squirrel is a Biological
    Marvel." Mother Earth News: June-July 2005.
Moore, Peter D. Wetlands. New York: Facts on File, 2001.
Muller-Schwarze, Dietland. *The Beaver: Its Life and Impact*. Ithaca: Comstock Pub. Associates, 2011.
Paulsen, Dennis R. *Dragonflies and Damselflies of the West*. Princeton: Princeton University Press, 2009.
Sibley, David. *The Sibley Guide to Bird Life and Behavior*. New York: Alfred A. Knopf, 2001.
Tiner, Ralph. *In Search of Swampland: A Wetland Sourcebook and Primer*. New Brunswick: Rutger University Press, 2005.
United States Department of Agriculture. "Biodiversity in Red Maple Forested Wetlands." June 2012.
Voshell, J. Reese. *A Guide to Common Invertebrates of North America*. Blacksburg: McDonald & Woodburg Publishing Co.,
    2002.

Elaborado en los EE.UU.
Este producto se ajusta al CPSIA 2008

Arbordale Publishing
Mt. Pleasant, SC 29464
www.ArbordalePublishing.com